EL FLAMENCO UNA MIRADA AL ARTE

Editora Appris Ltda.
1.ª Edição - Copyright© 2021 dos autores
Direitos de Edição Reservados à Editora Appris Ltda.

Nenhuma parte desta obra poderá ser utilizada indevidamente, sem estar de acordo com a Lei nº 9.610/98. Se incorreções forem encontradas, serão de exclusiva responsabilidade de seus organizadores. Foi realizado o Depósito Legal na Fundação Biblioteca Nacional, de acordo com as Leis n.os 10.994, de 14/12/2004, e 12.192, de 14/01/2010.

Catalogação na Fonte
Elaborado por: Josefina A. S. Guedes
Bibliotecária CRB 9/870

T693f 2021	Torres Fernandez, Manuel El flamenco una mirada al arte / Manuel Torres Fernandez. 1. ed. - Curitiba: Appris, 2021. 28 p.; 21 cm. Inclui bibliografia. ISBN 978-65-250-1823-2 1. Flamenco (Dança). 2. Flamenco (Música). I. Título. CDD – 793.31

Appris editora

Editora e Livraria Appris Ltda.
Av. Manoel Ribas, 2265 – Mercês
Curitiba/PR – CEP: 80810-002
Tel. (41) 3156 - 4731
www.editoraappris.com.br

Printed in Brazil
Impresso no Brasil

Manuel Torres Fernandez

EL FLAMENCO UNA MIRADA AL ARTE

FICHA TÉCNICA

EDITORIAL	Augusto V. de A. Coelho
	Marli Caetano
	Sara C. de Andrade Coelho
COMITÊ EDITORIAL	Andréa Barbosa Gouveia (UFPR)
	Jacques de Lima Ferreira (UP)
	Marilda Aparecida Behrens (PUCPR)
	Ana El Achkar (UNIVERSO/RJ)
	Conrado Moreira Mendes (PUC-MG)
	Eliete Correia dos Santos (UEPB)
	Fabiano Santos (UERJ/IESP)
	Francinete Fernandes de Sousa (UEPB)
	Francisco Carlos Duarte (PUCPR)
	Francisco de Assis (Fiam-Faam, SP, Brasil)
	Juliana Reichert Assunção Tonelli (UEL)
	Maria Aparecida Barbosa (USP)
	Maria Helena Zamora (PUC-Rio)
	Maria Margarida de Andrade (Umack)
	Roque Ismael da Costa Güllich (UFFS)
	Toni Reis (UFPR)
	Valdomiro de Oliveira (UFPR)
	Valério Brusamolin (IFPR)
ASSESSORIA EDITORIAL	Renata Miccelli
PRODUÇÃO EDITORIAL	Bruna Holmen
DIAGRAMAÇÃO	Jhonny Alves dos Reis
CAPA	Sheila Alves
COMUNICAÇÃO	Carlos Eduardo Pereira
	Débora Nazário
	Karla Pipolo Olegário
LIVRARIAS E EVENTOS	Estevão Misael
GERÊNCIA DE FINANÇAS	Selma Maria Fernandes do Valle

PREFACIO

Este libro nace con la intención de acercar de una manera sintética al publico brasileño a una modalidad musical moderna que nace de la reelaboración de la cultura tradiconal y popular de Andalucía y que ha sido considerada durante mucho tiempo imagen y expresión genuina del caracter español. Descartada pues una vision primordialista o esencialista en cuanto a la relación del flamenco con la historia de Andalucía, y mas alla de una visión folclórista, consideramos este modalidad de cante y baile como referente de una etnia, de un pueblo con muchos siglos de historia. En las páginas que siguen tiene pues el lector ante sí algunas de las mas importantes figuras que a lo largo de los siglos xx y xxI han enriquecido el rico acervo de este arte que es el flamenco.

SOBRE O AUTOR

Diplomado en Profesorado de Educacion Xeral Básica. Licenciado en Xeografia e Historia pola Universidade de Santiago de Compostela. Licencidado en Ciencias Politicas e Sociología pola Universidade Complutense de Madrid. Tecnico Superior de Administración na Xunta de Galicia. Conselleria de Trabalho e Relacións Laborais. Conselleria de Familia, Mulher e Xuventude. Profesor de Ensino Secundario.

SUMÁRIO

INTRODUCCION 9

UNA MIRADA AL ARTE 11

ANTONIA MERCÉ O LA ARGENTINA. 13

FRANCISCO SANCHEZ GOMEZ, PACO DE LUCIA 16

CAMARON DE LA ISLA 19

ENRIQUE MORENTE 21

TRIANA 23

BIBLIOGRAFIA 28

INTRODUCCION

En las páginas que siguen pretendemos realizar una breve síntesis de lo que ha significado el flamenco desde la vertiente estética, creativa e incorporadora de nuevos valores que van mas allá de las reivindicaciones estrictamente políticas, no obstante su utilización para la construccion de la identidad española.

Con posterioridad a la entrada en vigor de la constitución de 1978 se ha configurado un modelo de Estado territorialmente descentralizado y con autonomía política para las Comunidades Autónomas en el que Andalucía si bien no se considera nacionaidad histórica, si se ha producido un proceso de nation-building al compas de la existencia de un criterio cuasi federal de organizacion política.

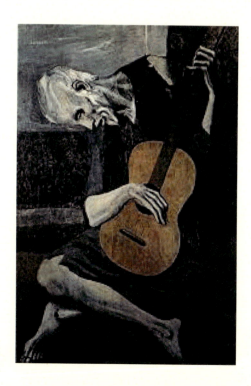

UNA MIRADA AL ARTE

> El flamenco como genuina expresión de la identidad cultural andaluza, ha trascendido su influencia para convertirse en un género artístico de difusión y fama mundial. Imagen de España en el exterior, en sus mas variadas formas(palos) y en sus tres disciplinas (toque, cante, baile), durante mucho tiempo se ha considerado este género musical como la cristalización de un crisol de culturas, ya fuesen moriscos, hebreos, gitanos o castellanos, que emergia del fondo de la sociedad, su carácter popular estaba entonces fuera de toda duda. A este respecto y para un cambio de perspectiva han sido decisivas las aportaciones de dos investigadores austriacos Schuchard y Steingress, especialmente este último tras la publicación en 1993 de su obra Sociología del flamenco considerada como fundamental para establecer las bases de un estudio científico del flamenco, que adquiere importancia y significacion a partir de las decadas finales del siglo XIX, cuando se convierte en un poderoso objeto simbólico, con la publicación de Antonio Machado y Alvarez, demófilo, su Coleccion de cantos flamencos (Washabaugh:2017) y la promocion de las cantos tradicionales de los gitanos andaluces a objeto de valor cultural. Siguiendo al mismo autor corrientes filosóficas como el Krausismo y el modernismo, prepararon la emergencia de sus caracteres estéticos, Steingress remite a un multiforme grupo de cantos y bailes jondos o de fiesta, con o sin acompañamiento de guitarra u otros instrumentos que resultaron de la reelaboracion de la cultura tradicional andaluza, asi como de varias tendencias musicales y poéticas.

Distinguimos, como no, la existencia de un flamenco clásico, que se encamina a su final con los últimos cafes cantante, un flamenco moderno, al que dedicaremos atención en estas páginas que siguen y un flamenco postmoderno anclado sobre la figura estelar de Enrique Morente.

En cuanto a las caracteristicas musicales basicas del flamenco, en cuanto a la modalidad, el modo antiguo o frigio es el característico del flamenco, en cuanto a la tonalidad es el modo mayor y por último la bimodalidad. Seran por tanto artistas como: Antonia merced, La Argentina, Paco de Lucía, El Camarón, Enrique Morente, y el grupo de flamenco Rock Triana quienes merezcan nuestra atencion,aunque son solo algunos de una larga lista de ilustres cantaores, bailarines y guitarristas que han dado vida a este género musical ya universal.

Comenzamos con **Antonia Mercé o La Argentina**, (1888-1936), nombre artístico tomado del pais en el que nació, fue sin duda la bailarina española con mayor proyección artística de la primera mitad del siglo XX, con contribuciones fundamentales para la definicion y consolidacióm de la danza española y sus variedades, la escuela bolera, el folclore, el flamenco y la danza estilizada.

Su conceptuación como arte moderno radica especialmente cuando adopta los principios del movimiento cubista especialmente Picasso y Braque, el primero con su interés por los pueblos primitivos que correspondió Antonia Mercé con su estudio de sobre las particularidades de los gitanos andaluces, aunque no excluyó una base multiétnica para su trabajo artísitco.

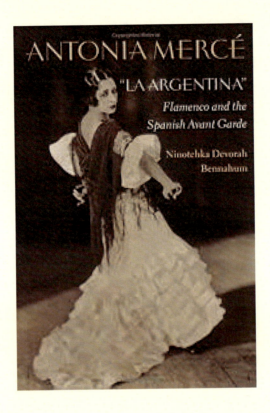

Por otra parte a comienzos del siglo XX Paris era el centro mundial del arte y el pueblo español era visto por el público francés como un pueblo de connotaciones exóticas, recordemos el caso de Carolina Otero, la bailarina de origen gallego que durante los años de la Belle Epoque se hacía pasar por andaluza de raza gitana, precisamente para acentuar ese carácter exótico y erótico al que hemos hecho referencia. Tras representar el Amor Brujo de Manuel de Falla, Antonia Merced funda la compañia les Ballets Espagnols en 1928, una vida pues exitosa, tras diversas giras y actuaciones por America y Europa, hasta su muerte el 18 de Julio de 1936. fecha del alzamiento militar que llevaría al poder al general Francisco Franco.

FRANCISCO SANCHEZ GOMEZ, PACO DE LUCIA

Diana Perez Ricardo distingue 5 etapas en la evolucion creativa de Paco de Lucía.

La primera se desarrolla bajo la influencia de Niño Ricardo quien representaba lo mas sofisticado que habia en España en cuanto a la guitarra flamenca tradicional, este periodo se desarrolla desde el año de nacimiento del artista en 1947 hasta 1964.

La segunda etapa (1964-1072) se corresponderia a la influencia de Sabicas, un gitano de Pamplona y los primeros contactos con el Jazz., con Ramon Montoya de fondo, el gran maestro de la guitarra y junto a ellos otro guitarrista que comoj ellos estaba afincado en Nueva York, Mario Escudero.

La tercera etapa comprendida entre los años 1973 y 1976 es la de apertura al gran público, es el año del album Fuente y Caudal y el tema de gran éxito Entre dos Aguas.

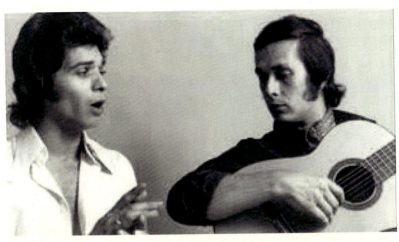

Los años 1977 a 1987 son los años de inmersion en el Jazz y los primeros contactos con la musica clásica, con la grabacion de los discos Friday night in San Francisco y Passion, grace and fire. y su trabajo sobre la musica de Manuel de Falla.

Y por último la ultima etapa correspondiente a su maDurez creativa entre 1988 y 2004.

CAMARON DE LA ISLA (1950-1992) su nombre real es Jose Monje Cruz, natural de San Fernando en la provincia de Cádiz, ha sido un innovador del flamenco, considerado un transgresor que abrió nuevas vias de interpretación, la Leyenda del Tiempo su decima obra, fue una obra de culto, asi es la letra:

LA LEYENDA DEL TIEMPO

El sueño va sobre el tiempo
Flotando como un velero
Flotando como un velero

Nadie puede abrir semillas
En el corazón del sueño
En el corazón del sueño

El tiempo va sobre el sueño
Hundido hasta los cabellos
Hundido hasta los cabellos

Ayer y mañana comen
Oscuras flores de duelo
Oscuras flores de duelo
El sueño va sobre el tiempo
Flotando como un velero
Flotando como un velero

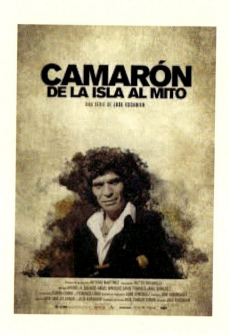

ENRIQUE MORENTE (1942-2010)

La figura de Morente. Uno de los grandes artistas del flamenco contemporáneo autor. Compositor y cantaor, se configura desde un primer momento como un artista con personalidad propia, aunque abierto a otras tradiciones musicales y a la incorporación de los grandes poetas de la literatura española a su repertorioj creativo. No faltan pues referencias a Miguel Hernandez, Garcia Lorca o Machado dentro de su extraordinaria carrera profesional, de entre pemas de Miguel Hernández que ha versionado Lorene.

❖ <u>Hemos elegido el poema:</u>

Sentado sobre los muertos

Que mi voz suba a los montes
Que baje a la tierra y truene
Eso pide mi garganta
Desde ahora y desde siempre

Si yo salí de la tierra
Y he nacido de un vientre
Desdichado y con pobreza
No fué sino para hacerme
Ruiseñor de las desdichas
Eco de la mala suerte

Y cantar y repetir a quien escucharme debe
Cuanto a penas, cuanto a pobres
Cuanto a tierra se refiere

TRIANA

Andalucía no solo vió nacer cantaores, guitarristas y bailaores artistas sino que en los años finales del franquismo el flamenco fué objeto de fusión con el Rock progresivo que tenia como referente a grupos como Pink Floyd o Camel, mediante la creacion musical de grupos como Triana, Quien estas líneas escribe todavía recuerda la presentación en la provincia gallega de Pontevedra el Album Sombra y luz en el año 1979.

Triana por tanto fue una banda de Rock andaluz que integraban desde 1974 Jesus de la Rosa Luque, Juan José Palacios, Tele, y Eduardo Rodriguez Rodway. y que duró hasta 1984 con gran predicamento entre la juventud española. Un accidente de tráfico en el que falleció Jesus de la Rosa puso fin a su trayectoria y provocó la disolución del gurpo.

En los años finales del franquismo y primeros de la transición democrática en España las ansias de libertad eran expresadas en temas como Rumor con el que Triana firmaba su compromiso por los nuevos tiempos.

RUMOR

Un dia salió del silencio
En el eco de una voz
Y se expandió con el viento
Que llega hasta el corazón

La guitarra a la mañana
Le habló de libertad
Salen de su Pensamiento
Cosas que no quiere callar

Por la Calle y los Caminos
Se viené la madrugá
La guitara a la mañana
Le habló de libertad

Se oye un rumor por las esquinas
Que anuncia que va a llegar
El dia en que todos los hombres
Juntos puedan caminar

La guitarra en la mañana le hablo.

    Hemos visto pues la integracion del flamenco en la danza clásica con Antonia Merced la Argentina y tambien su integración con la musica psicodélica y el Rock progresivo de Triana, y en medio renovadores como Paco de Lucia y Camarón.

BIBLIOGRAFIA

GONZALEZ, Carmona. Alfonso ed. *El flamenco en la cultura española*. [S. l.]: Universidad de Murcia, 1999.

ROLDAN, Cristina Cruces. *El Flamenco*. Identidades sociales, ritual y patrimonio cultural. Junta de Andalucia: Ed. Centro Andaluz de Flamenco, 1996.

GAMBOA, Jose Manuel. *Una Historia del Flamenco*. [S. l.]: ed Espasa Calpe 2005.

CUSTODIO, Diana Perez. *Paco de Lucía, la evolución del flamenco a través de sus Rumbas*. [S. l.]: Cadiz Universidad, 2005.

GRANDE, Felix. *Paco de Lucía y Camarón de la Isla*. [S. l.]: Caja Madrid y lumwerg editores, 1998.